Malourène et la fontaine magique

Du même auteur chez le même éditeur

Malourène et le roi mouillé, coll. Le chat & la souris, 2003
Malourène et le sourire perdu, coll. Le chat & la souris, 2002
Malourène est amoureuse, coll. Le chat & la souris, 2002
Malourène et les nains de jardin, coll. Le chat & la souris, 2002
Malourène et la dame étrange, coll. Le chat & la souris, 2001
Malourène et la reine des fées, coll. Le chat & la souris, 2001
Où sont les ours?, coll. Saute-Mouton, 2001
La tortue célibataire, coll. Saute-Mouton, 2001
Le monstre de la nuit, coll. Saute-Mouton, 2000
Le mouton carnivore, coll. Saute-Mouton, 1999
Terra Nova, coll. Grande Nature, 1998
L'argol et autres histoires curieuses, coll. Nature Jeunesse, 1997

Chez d'autres éditeurs

Secrets de famille, Éditions Hurtubise HMH, 2003
L'Écrit qui tue, Éditions Hurtubise HMH, 2002
La Planète des chats, Éditions Hurtubise HMH, 2002
Le Meilleur ami du monde, Éditions Pierre Tisseyre, 2002
La Conspiration du siècle, Éditions Hurtubise HMH, 2002
L'Enlèvement de la mère Thume, Éditions du Boréal, 2002
Le Secret de la mère Thume, Éditions du Boréal, 2001
Vengeances, Éditions Hurtubise HMH, 2001
L'Idole masquée, Éditions Hurtubise HMH, 2001
Le Cerf céleste, Éditions du Boréal, 2001
L'Inconnu du placard, Éditions du Boréal, 2001
La Valise du mort, Éditions Hurtubise HMH, 2001
Les Voleurs de chaussures droites, Éditions du Boréal, 2000
Non-retour, Éditions Pierre Tisseyre, 2000
Partie double, Éditions Hurtubise HMH, 2000
Tibère et Trouscaillon, Éditions Pierre Tisseyre, 2000
La Machine à manger les brocolis, Éditions du Boréal, 2000
Série grise, Éditions Hurtubise HMH, 2000

Malourène et la fontaine magique

Laurent Chabin

Illustrations de Jean Morin

COLLECTION
Le chat & la souris

ÉDITIONS
MICHEL
QUINTIN

Données de catalogage avant publication (Canada)

Chabin, Laurent, 1957-

  Malourène et la fontaine magique

  (Le chat et la souris ; 25)
  (Les aventures de Malourène)
  Pour enfants de 7 ans et plus.
  ISBN 2-89435-260-3

  I. Morin, Jean, 1959-   . II. Titre. III. Collection:
Chabin, Laurent, 1957-   . Aventures de Malourène.
IV. Collection: Chat et la souris (Waterloo, Québec) ; 25.

PS8555.H17M35 2004   jC843'.54   C2004-940122-X
PS9555.H17M35 2004

Révision linguistique: Monique Herbeuval

   Patrimoine Canadian
canadien Heritage

Le Conseil des Arts du Canada
The Canada Council for the Arts

La publication de cet ouvrage a été réalisée grâce au soutien financier du Conseil des Arts du Canada et de la SODEC.

De plus, les Éditions Michel Quintin bénéficient de l'aide financière du gouvernement du Canada par l'entremise du Programme d'aide au développement de l'industrie de l'édition (PADIÉ) pour leurs activités d'édition.

Gouvernement du Québec – Programme de crédit d'impôt pour l'édition de livres – Gestion SODEC

ISBN 2-89435-260-3

Dépôt légal - Bibliothèque nationale du Québec, 2004
Dépôt légal - Bibliothèque nationale du Canada, 2004

© Copyright 2004

Éditions Michel Quintin
C.P. 340, Waterloo (Québec)
Canada J0E 2N0
Tél.:   (450) 539-3774
Téléc.: (450) 539-4905
Courriel: mquintin@mquintin.com

1 2 3 4 5 6 7 8 9 0 M L 0 9 8 7 6 5 4

Imprimé au Canada

Chapitre 1

Un revenant

Malourène se prélasse sur sa terrasse. Elle est en train de se faire frire les orteils au soleil d'une belle journée d'été.

Frire est bien le mot juste car, pour éviter d'attraper un coup de soleil, elle les a enduits d'une huile parfumée et ses doigts de pied ressemblent à des sardines sorties d'une boîte.

La jeune fée se laisse aller ces derniers temps. Elle se sent tellement bien chez elle qu'elle ne sort plus guère de son jardin. Et puis, comme les gens viennent la voir eux-mêmes, pourquoi se déplacerait-elle?

Résultat, un petit boudin, charmant du reste, est en train de pousser autour de son ventre. Grelu le lui a fait remarquer malicieusement, mais gentiment :

— Malourène, tu profites, on dirait…

Cependant, comme son amoureux, le crapaud Bardamu, n'a

rien dit, la fée n'y a pas prêté attention. De toute façon, Bardamu ne dit jamais rien. C'est une de ses qualités.

Ainsi donc, c'est sans remords que Malourène se fait frire les doigts de pied et laisse pousser son petit ballon sous sa ceinture.

Elle est si bien! Et quel calme dans le jardin aujourd'hui!

Tout en sirotant une tisane de coquelicot, elle remarque que personne n'est venu la voir de la journée. C'est inhabituel. Mais, après tout, peut-être les gens se

sentent-ils aussi bien qu'elle aujourd'hui, et qu'ils n'ont pas besoin de son aide.

Le plus bizarre, tout de même, c'est que Grelu n'est pas là non plus. C'est étonnant. Le jeune nain n'aime guère quitter le jardin de la fée. Où est-il passé?

Malourène se redresse soudain sur sa chaise longue. C'est vrai, ça, où sont-ils donc partis, tous? Le jardin n'est pas calme, il est vide et silencieux. Y a-t-il donc un événement extraordinaire en ville?

La réponse à cette question ne se fait pas attendre. Là-bas, sur le chemin qui mène au jardin de

Malourène, un vacarme se fait entendre.

Des cris joyeux, une fanfare, des applaudissements… C'est tout un cortège en fête qui s'avance.

Bientôt, Malourène aperçoit toute une troupe de nains fort joyeux. Elle reconnaît la plupart d'entre eux à leur silhouette rebondie et ruisselante de santé. Elle voit même Grelu, chantant et battant des mains, sautillant autour d'un nain d'une exceptionnelle minceur qu'elle ne connaît pas.

Ce nain inconnu se tient au cœur du défilé. C'est manifestement en son honneur que

cette fête est donnée. Le visage bronzé, la taille svelte… non, vraiment, Malourène ne l'a jamais vu.

Elle distingue maintenant ce que chantent les nains :

— Bienvenue à Gorgibus! Vive Gorgibus!

Gorgibus? Jamais entendu parler.

Et pourtant, c'est curieux. Son visage lui dit quelque chose. S'agirait-il du frère ou d'un parent d'un des nombreux nains qui fréquentent sa maison?

Le cortège est maintenant arrivé à la porte du jardin. Les nains s'écartent pour laisser passer le nouveau venu. Celui-ci s'approche de la fée en souriant, comme s'il la connaissait depuis toujours.

Malourène est intriguée. Gorgibus la regarde avec un grand sourire, puis s'avance vers elle en étendant les bras, comme on vient embrasser une vieille cousine.

Voyant que la fée ne bouge pas, Gorgibus déclare :

— Eh bien, Malourène, on ne reconnaît plus les vieux amis?

Malourène essaie de réfléchir à toute vitesse. Oui, bien sûr, ce visage, elle le connaît. Mais cette taille élancée, ce teint hâlé, cette

prestance… Jamais elle n'a vu un nain pareil, elle en est certaine.

Alors, brusquement, Gorgibus éclate de rire. Comme obéissant à un signal, tous les autres l'imitent bruyamment.

— Ça alors! reprend Gorgibus. J'ai donc changé tant que ça? Voyons, souviens-toi. Gradubide…

Gradubide! Le plus gourmand, le plus paresseux, le plus gros de tous les nains! Que lui est-il donc arrivé?

Chapitre 2

La fontaine magique

— Gradubide! s'exclame Malourène en le reconnaissant enfin. Quelle surprise!

— Il n'y a plus de Gradubide, maintenant, répond le nain en mettant ses mains sur ses hanches et en se tortillant un peu. Je suis beau, aujourd'hui. Je suis léger, je suis mince. Et j'ai

décidé de m'appeler Gorgibus. C'est plus seyant, non?

Malourène doit avouer que c'est vrai. Gorgibus, ça a de l'allure. Pour un peu, elle tomberait amoureuse de lui. Tout en le contemplant, elle caresse machinalement le petit boudin qui fait le tour de son ventre.

Elle soupire discrètement et dit :

— Allons, ne restons pas ici. Venez prendre un verre sur la terrasse. Tu me raconteras ton histoire.

Les nains ne se le font pas dire deux fois. Ils se précipitent sur la terrasse et se laissent lourdement tomber dans les fauteuils en attendant les rafraîchissements.

Tout en servant à boire, Malourène se rend compte que ce ne sont pas seulement les nains qui admirent – et envient sans doute un peu – la prestance de Gorgibus.

Quelques fadettes et de toutes jeunes fées lui jettent des regards alanguis, et elles rougissent quand Gorgibus tourne son regard vers elles.

Malourène, pour sa part, aimerait bien connaître le secret de la transformation de Gorgibus. A-t-il rencontré une fée très puissante qui a réussi à faire de lui ce beau jeune homme?

C'est peu probable. Ce n'est que dans les contes que les fées transforment des nains ventripotents en jeunes premiers de cinéma. Dans la réalité, les fées ont des occupations un peu plus sérieuses. Malourène en sait quelque chose…

Mais Gorgibus, lui, ne semble pas pressé de révéler son secret. Il est ravi d'être le centre de l'intérêt général et il fait durer le plaisir.

De temps en temps, il tire une petite gourde de sa ceinture et il en sirote quelques gouttes avec délectation.

« Tiens, se dit Malourène qui vient de remarquer ce détail, Gorgibus n'a pas touché à mes boissons. Il ne boit qu'à sa gourde, et ça m'a l'air rudement bon. Quel nectar est-ce là ? »

Elle constate également que Gorgibus n'en offre à personne, et que la gourde est attachée à sa ceinture par une chaîne fine mais solide.

Elle se doute alors que le contenu de la gourde a certainement quelque chose à voir avec sa miraculeuse métamorphose. Pour en avoir le cœur net, elle lui demande :

— Ça m'a l'air délicieux, ce que tu bois là, Gorgibus. M'y ferais-tu goûter ?

— Hmmm, fait le bellâtre avec un sourire malicieux. Ça te ferait le plus grand bien, sans aucun doute. Hélas, je n'en ai presque plus et il est très difficile de se procurer cette boisson.

— En tout cas, ses propriétés semblent miraculeuses, reprend Malourène en regardant avec insistance le ventre plat de Gorgibus.

Le nain devine alors que Malourène a tout compris. Il élève la gourde devant lui comme on présente un nouveau-né.

— Oui, fait-il. On dirait une véritable potion magique. Ce n'est pourtant que de l'eau. Mais elle m'a coûté cher! J'ai vraiment souffert le martyre pour la découvrir. Te rends-tu compte? L'eau de la fontaine magique!

— Voyons, Gorgibus, tu me racontes des histoires. Tout le monde sait très bien que la fontaine magique est une légende et que…

Mais Gorgibus interrompt violemment la fée :

— Une légende! s'écrie-t-il outré. Et ça, c'est une légende, peut-être? ajoute-t-il en montrant

son ventre plat. On voit bien
que ce n'est pas toi qui as eu mal
aux pieds et transpiré pendant
des semaines!

Les autres nains hochent la tête et froncent les sourcils. Comment Malourène ose-t-elle mettre en doute la parole de Gorgibus? Ce dernier se redresse et déclare:

— La fontaine magique existe, Malourène. J'en suis la preuve vivante.

Là-dessus, les nains se lèvent à leur tour et quittent le jardin de la fée. Ils ont toujours aussi mauvais caractère!

Chapitre 3

Le retour d'Engoulaffre

Au cours des jours suivants, Malourène n'entend plus parler de Gorgibus ni de fontaine magique.

Mais cela ne dure pas. Bientôt lui parviennent des rumeurs. La zizanie règne chez les nains.

Ceux-ci, envieux du tour de taille de Gorgibus, voudraient

bien profiter eux aussi de l'eau miraculeuse. Mais, comme Gorgibus refuse de partager, certains ont commencé à le menacer.

— Vous n'avez qu'à y aller vous-mêmes! hurle Gorgibus à ceux qui le harcèlent. Trouvez la fontaine et faites un effort. Je ne suis pas un porteur d'eau.

— Tu n'es qu'un affreux égoïste, accusent les nains.

— Pas du tout, réplique Gorgibus. Mais si j'ai pu boire l'eau de cette fontaine, c'est parce que je l'ai mérité. Vous n'êtes que des paresseux, comme je l'étais moi-même.

Et ce ne sont pas seulement les nains qui poursuivent Gorgibus. Les lutins, les gnomes, les farfadets, et même quelques fées un peu enveloppées lui courent après en criant : « De l'eau, de l'eau! »

Malourène, à qui Grelu raconte tout cela, pense que Gorgibus n'a pas tout à fait tort. On ne peut pas toujours attendre que les bonnes choses nous tombent toutes rôties dans le bec.

Et puis, elle se dit que ça ne lui ferait pas de mal de la chercher aussi, cette fontaine. Depuis quelques semaines, elle entre à peine dans sa robe!

Elle décide donc d'aller voir Gorgibus pour lui demander quelques indications sur la direction à suivre.

Quittant son jardin pour la première fois depuis longtemps, elle se met en route vers la maison du nain.

Lorsqu'elle arrive en vue de la maison, un attroupement bruyant de nains attire son attention.

«Allons bon, se dit-elle. Grelu n'a pas exagéré, les nains en veulent vraiment à Gorgibus de ne pas leur donner de l'eau de la fontaine. Je vais tâcher d'arranger ça.»

Mais, quand Malourène se trouve tout près d'eux, elle constate que ce n'est pas contre Gorgibus qu'est dirigée la colère des nains. L'ennui, c'est que comme ils parlent tous à la fois, il n'est pas facile de savoir ce qui se passe.

Toutefois, Malourène commence à s'inquiéter pour de bon quand elle entend prononcer à plusieurs reprises le nom d'Engoulaffre[1]. L'ogre serait-il revenu?

Aussitôt qu'il aperçoit Malourène, Gros-Bedon, le chef des nains, lui annonce la triste nouvelle.

— Gorgibus a été enlevé, s'écrie-t-il. Et c'est Engoulaffre qui a fait le coup.

[1] Voir *Malourène et les nains de jardin*, Éditions Michel Quintin.

Malourène frémit. Que vient faire Engoulaffre dans cette affaire? Il a sans doute entendu parler de la fontaine, mais en quoi son eau peut-elle bien l'intéresser? L'ogre pourrait être

trois fois plus gros qu'il ne l'est, ça ne le gênerait pas, au contraire...

Tout le monde se demande quel mauvais coup il est en train de mijoter.

— L'important, dit Malourène, c'est surtout de retrouver Gorgibus. Quelqu'un a-t-il vu dans quelle direction est parti Engoulaffre?

Gros-Bedon reprend la parole :

— Un lutin nous a dit qu'il l'a vu disparaître par là, vers les montagnes. Il portait un gros sac dans lequel se débattait quelqu'un. Notre pauvre ami Gorgibus.

— Et Engoulaffre marche beaucoup plus vite que nous autres, ajoute Grelu. Surtout avec ses bottes de vingt-huit kilomètres[1].

---

[1] Grelu utilise le système métrique, et une lieue vaut quatre kilomètres…

Nous ne pourrons jamais le rattraper.

Effectivement, durant les jours suivants, toutes les recherches effectuées par Malourène et ses amis restent vaines. Où Engoulaffre a-t-il disparu? Et pourquoi a-t-il enlevé Gorgibus?

La réponse arrive d'elle-même quelques semaines plus tard. Alors que Gorgibus est revenu, la mine défaite, après avoir été relâché par l'ogre, des affiches grand format fleurissent un peu partout en ville :

Retrouvez votre jeunesse!
Buvez l'eau de vie Engoulaffre,
L'eau de l'éternelle jeunesse.

C'était donc ça! L'infâme Engoulaffre a obligé Gorgibus à lui révéler l'emplacement de la fontaine magique, et il se l'est appropriée. Maintenant, il va vendre cette eau et faire fortune. Quel malhonnête!

Chapitre 4

Une mauvaise affaire

Peu de temps après, dans toutes les épiceries et dans les grands magasins, on peut voir d'immenses alignements de bouteilles colorées aux armes d'Engoulaffre.

C'est un succès sans précédent, il faut bien l'avouer. Les bouteilles d'eau se vendent comme des petits pains et Engoulaffre s'enrichit rapidement.

Pourtant, au départ, les nains et leurs amis ont refusé d'acheter l'eau d'Engoulaffre. Mais combien de temps peut-on résister à l'envie de maigrir et de rajeunir quand une simple petite bouteille peut permettre de le faire sans se fatiguer?

Très rapidement, l'enlèvement de Gorgibus est oublié et tout le monde boit et boit et boit l'eau magique vendue par Engoulaffre.

C'est l'euphorie. Chaque matin, les buveurs se regardent avec attention dans leur miroir, à la recherche du moindre gramme manquant.

« C'est pour bientôt », se disent-ils en constatant qu'ils ne semblent guère différents de la veille.

Mais le temps passe et le seul effet que produit l'eau sur les gens est de les faire aller aux cabinets!

Du coup, le mécontentement gronde et, une fois de plus, les gens se plaignent.

— Cette eau ne vaut rien du tout!

— On se moque de nous!

— Engoulaffre est un voleur!

Et, bientôt, non seulement les gens cessent d'acheter l'eau d'Engoulaffre, mais ils veulent lui intenter un procès pour se faire rembourser.

Engoulaffre commence à paniquer. Ça lui a quand même

coûté de l'argent de mettre cette eau en bouteilles et il n'a pas fini de couvrir ses frais.

Pendant ce temps, Malourène discute avec Gorgibus, qui a recommencé à grossir et est venu chercher un conseil.

— Je te l'avais bien dit, Gorgibus. La fontaine magique n'existe pas. Du moins, son eau n'a rien de magique.

— Cela avait pourtant marché. Un vrai miracle! Tu as pu le constater toi-même.

— Oui, j'avoue que j'ai été surprise, répond la fée. Mais il y a sans doute une explication. Que s'est-il passé exactement avec Engoulaffre?

— Oh, c'est bien simple. Ayant entendu parler de ma fontaine, il s'est mis en tête de faire fortune en l'achetant pour en revendre l'eau à prix d'or. Comme je ne voulais pas lui dire

où elle se trouvait, il m'a enlevé
et m'a obligé à le conduire.

— Et une fois là-bas?

— À ma grande surprise, le gardien de la fontaine n'a fait aucune difficulté pour céder l'exploitation de la source à Engoulaffre. Ce gardien est un vieux bonhomme, tu sais, et il s'est peut-être fait rouler. Pourtant, je suis sûr qu'il souriait malicieusement lorsqu'il a signé le contrat.

— Je crois que je commence à comprendre, dit Malourène après un léger silence. Ce n'est pas le vieux gardien qui s'est fait avoir, c'est cet ogre stupide.

— Mais comment? demande Gorgibus. Tout le monde en

voulait, de cette eau. Ç'aurait dû
être une excellente affaire.

— On peut tromper les gens
pendant un certain temps en
leur vendant n'importe quoi,
explique Malourène[1]. Mais il
ne faut pas trop en promettre.

[1] Dans la réalité, on peut tromper les gens pendant toute leur vie en leur
vendant n'importe quoi, mais ceci est un conte de fées, ne l'oublions pas…

L'eau de la fontaine est certainement très bonne, mais de là à prétendre qu'elle est magique…

— Bien sûr, qu'elle est magique! s'exclame Gorgibus.

— Eh bien, réplique Malourène avec un sourire, sa magie semble s'être perdue. Peut-être que la magie ne supporte pas la mise en bouteilles…

Gorgibus se demande un instant si la fée n'est pas en train de se moquer gentiment de lui.

Ce qui est certain, c'est que, une fois de plus, Engoulaffre est au bord de la faillite. Oui, en voulant vendre l'eau de la mystérieuse fontaine, il a vraiment fait une mauvaise affaire.

Pour conclure, Malourène reprend :

— En tout cas, je crois qu'il est temps que je rende une petite visite au gardien de la fontaine magique. Si tu veux bien m'indiquer le chemin...

Cette fois, Gorgibus ne s'y oppose pas.

Chapitre 5

Le vrai pouvoir de la fontaine

Le voyage entrepris par Malourène est éprouvant. Il faut dire qu'il y a longtemps qu'elle n'a pas pris de pareils chemins.

La route qui mène à la fontaine magique est plutôt un sentier. Un sentier tortueux et escarpé, fait davantage pour les mules que pour les fées...

surtout les fées qui commencent à avoir un peu d'embonpoint!

Malourène traverse des régions arides et désolées, des marécages puants, des montagnes escarpées, des forêts impénétrables. Elle rencontre des serpents peu aimables, des loups affamés, des monstres gluants.

On dirait vraiment que quelqu'un a fait exprès de placer toutes ces embûches sur son chemin!

Cent fois, elle a bien envie de rentrer chez elle, de retrouver son beau jardin et sa chaise longue sur la terrasse. Mais, sitôt qu'elle se sent découragée, elle

pense à Gorgibus – qui s'appelait
Gradubide à ce moment-là – et à
son courage.

Si la détermination du nain n'a pas faibli, la sienne ne doit pas faire moins. Alors Malourène reprend sa route, malgré le soleil brûlant et les pluies glacées qui semblent se donner le relais.

Enfin, après un périple qui l'a épuisée, Malourène parvient à une vallée verte et ensoleillée. Quel calme tout à coup! Quelle beauté!

Non loin d'elle, parmi un nuage de fleurs et de papillons, se trouve une petite fontaine. Un vieux bonhomme est assis près d'elle, en train de mâchonner quelque chose d'un air absent.

Malourène pense soudain qu'elle a faim et soif. Sa robe flotte autour de son ventre et ses cheveux sont dépeignés, mais qu'importe. Le vieux n'a pas l'air très à cheval sur les convenances.

Malourène s'approche de lui. La fontaine glouglloute doucement. La fée demande à boire poliment.

— Pourquoi demander? fait le vieil homme. Cette eau est gratuite, elle est à tout le monde.

— Ah bon? Je pensais que vous l'aviez vendue.

— Vendue? s'écrie le bon-homme en s'étouffant de rire. Peut-on vendre quelque chose qui ne nous appartient pas?

— Vous l'avez pourtant fait, non? s'étonne Malourène.

— Un fou m'a donné de l'argent pour m'acheter quel-que chose qui n'était pas à moi et qui, de toute façon, était gratuit. Allais-je refuser? S'il s'est fait avoir, c'est son problème.

Là-dessus, le vieillard mord dans une chose qui sent mauvais, puis il boit un coup de sa gourde et, enfin, s'essuie les lèvres sur sa manche.

— Moi, ajoute-t-il, tant que je peux boire un coup de rouge et manger du fromage, je ne demande rien d'autre.

— Mais cette eau, demande Malourène, elle n'a aucune vertu particulière?

— Cette eau est la même que partout ailleurs, si ce n'est qu'elle est propre. À part ça, elle n'a rien de spécial. Franchement, je préfère le vin rouge.

Malourène sourit. Elle, elle préfère l'eau au vin rouge. Surtout qu'avec l'eau, on peut se laver.

Afin de faire un brin de toilette, elle se penche au-dessus de l'eau. Elle y aperçoit une jeune fille svelte et élancée. Une ondine? Non, bien sûr. Elle a bien failli ne pas se reconnaître, mais il s'agit de son propre reflet.

Elle s'en doutait depuis le début. Ce n'est pas l'eau de la

fontaine qui fait maigrir, c'est le chemin qu'il faut parcourir pour la boire.

Et ça, Engoulaffre ne pouvait pas le mettre en bouteilles!

Table des matières

Les aventures de Malourène:

Malourène et la reine des fées
Laurent Chabin

Malourène et la dame étrange
Laurent Chabin

Malourène est amoureuse
Laurent Chabin

Malourène et les nains de jardin
Laurent Chabin

Malourène et le sourire perdu
Laurent Chabin

Malourène et le roi mouillé
Laurent Chabin

Malourène et la fontaine magique
Laurent Chabin